박치기 사랑

어르신 이야기책 _101 짧은글

박치기 사랑

초판 1쇄 발행일 2018년 3월 9일

지은이 양귀자
그린이 남인희
펴낸이 이원중

펴낸곳 지성사 출판등록일 1993년 12월 9일 등록번호 제10-916호
주소 (03408) 서울시 은평구 진흥로1길 4(역촌동 42-13) 2층
전화 (02) 335-5494 팩스 (02) 335-5496
홈페이지 지성사.한국 | www.jisungsa.co.kr 이메일 jisungsa@hanmail.net

ISBN 978-89-7889-350-3 (04810)
978-89-7889-349-7 (세트)

잘못된 책은 바꾸어 드립니다. 책값은 뒤표지에 있습니다.

이 도서의 국립중앙도서관 출판예정도서목록(CIP)은 서지정보유통지원시스템 홈페이지(http://seoji.nl.go.kr)와 국가자료공동목록시스템(http://www.nl.go.kr/kolisnet)에서 이용하실 수 있습니다. (CIP제어번호: CIP2018005464)

어르신 이야기책 _101 짧은글

박치기 사랑

양귀자 글 · 남인희 그림

지성사

김동희 씨는 한눈에도 몹시 당차 보이는 얼굴을 지닌 아가씨다.
아니, 그런 인상은 어쩌면 나 혼자만의 생각일지도 모른다.

왜냐하면 나는 손수 운전을 하고 다니는 모든 여성들에 대하여 일단은 당차고 똑똑한 사람이라는 고정관념을 가지고 있으니까.

나같이 둔한 사람은 그렇게 복잡한 기계를 그처럼이나 복잡한 거리에서 몰고 다니는 일일랑 꿈도 꾸지 못하는 형편이니까.

김동희 씨는 이제 2년의 그리 길지 않은 경력임에도 불구하고 아주 부드럽고 능숙하게 차를 다루어서 매번 나의 감탄사를 유도하곤 한다.

나는 그녀가 왜 적금을 탈탈 털어
소형차 한 대를 구입했는지도 잘 알고 있다.

그도 그럴 것이 그녀와 나는
필자와 기자의 입장에서 만난 사이인 데다
알고 보니 서로 간에 살고 있는 집도
그리 멀지 않은 곳이어서
상대의 근황을 빠르게 알 수 있는 까닭이었다.

"도저히 안 되겠어요.
버스를 세 번씩 갈아타는 것은 참을 수 있더라도
마감 때는 자정 넘어 퇴근하기가 다반사인데
택시 타기도 겁나고 취객들과 합승해서
곤욕 당하는 일도 지겨워요."

여성잡지의 기자인 김동희 씨는 그래서
재작년에 운전을 시작했다.

운전을 시작한 뒤로 그녀는 종종 나를 유혹했다.

수복상회

“양 선생님도 운전을 하세요.
운전, 이거 사실은 여자들이 해야 하는 일이라고요.
그러면 난폭운전이나 음주운전으로 인한 사고는
깡그리 없어질 거예요.

교통사고를 완전히, 아니면 아주 극소수로
줄일 수 있는 방법은 남자들한테는
아예 운전면허를 내주지 않는 길밖에 없어요.

물론 기왕에 취득한 남자들의 면허도
모두 취소시켜야죠.

세상의 모든 자동차는 여자들만 운전한다,
이런 법률을 만들면 교통사고 따위는
걱정하지 않아도 되는 건데."

김동희 씨의 주장에도 일리는 있었다.
그럼에도 나는 전폭적으로 그 주장을 지지하지 못하였다.

그렇게 되면 별수 없이 나도 운전대에 앉아야 하는데,
아무래도 그것만은 도저히 잘할 자신이 없다는 데
문제가 있기 때문이었다.

어쨌거나 김동희 씨는 나와 만날 때마다

여자이기 때문에 당하는

여러 가지 운전상의 불이익에 대하여

분개하곤 했었다.

지금은 우리 모두 ‘박치기 씨’라고 부르는
한 남자가 처음 모습을 나타낸 것도
그런 여러 불이익 사례에 끼어서였다.

아마 작년 겨울의 드문 폭설 때의 일이었을 것이다.

동네에서 큰길로 나오는 입구가 내리막길이어서
눈이 오면 차들마다 여간 애를 먹는 게 아닌데

김동희 씨도 거기서 그만 바퀴가 미끄러지는 통에
신호대기로 잠시 멈춰 있는 앞차를
들이받고 말았던 것이다.

"1단 기어를 넣고 속력 없이 내려가는 중인데다
브레이크까지 밟은 상태로 미끄러져서
앞차를 받은 것이라
범퍼에 약간의 흠집이 났을 뿐이에요.

그런데도 이 남자,
무슨 봉을 잡은 얼굴로 딱딱거리지 뭐예요."

운전의 기술적인 측면일랑 백날을 말해도

나는 못 알아듣는 형편이라

대충 감을 잡아서 설명하자면

남자 쪽이 그냥 넘어가줘도 될 일인데

여자 운전자라고 얕보고

손해배상을 요구했다는 이야기였다.

“정 그렇다면 연락하라고 명함을 한 장 줬지요.
그랬더니 이 남자, 회사로 전화를 걸어와서
뭐라는 줄 아세요?
범퍼 값은 자기가 물 테니 차나 한 잔
사달라는 거예요.
세상에, 사람을 뭐로 보는지, 기가 막혀서.”

“그래서 차를 한 잔 샀어요?”

나는 정말 궁금해서 물었는데
김동희 씨한테 지청구만 먹었다.

"선생님도, 그런 치한한테 왜 차를 사요?
범퍼가 아니라 차라리 새 차를 한 대 사주는 한이 있어도
차 한 잔은 못 사겠다고 했죠.
그랬더니 아버지가 재벌인 모양이라고 비아냥거리데요.

그래서 아버지는 실업자인데,
내가 이 회사 관두면 퇴직금이 나올 테니까
그것으로 배상하겠다고 했지요."

얼마나 단호하고 확실한 아가씨인가.

그러니 내가 김동희 씨를 좋아할밖에.

하여간 그렇게 해서 박치기 씨도 우리들의 화제에

일회성으로 끼어들고 사라져버리는 줄 알았다.

그 뒤론 전화가 없었다니까.

그런데 꼬박 일 년을 지내고 나서,

그러니까 올 초겨울에

그는 놀랍게도 재등장을 했다.

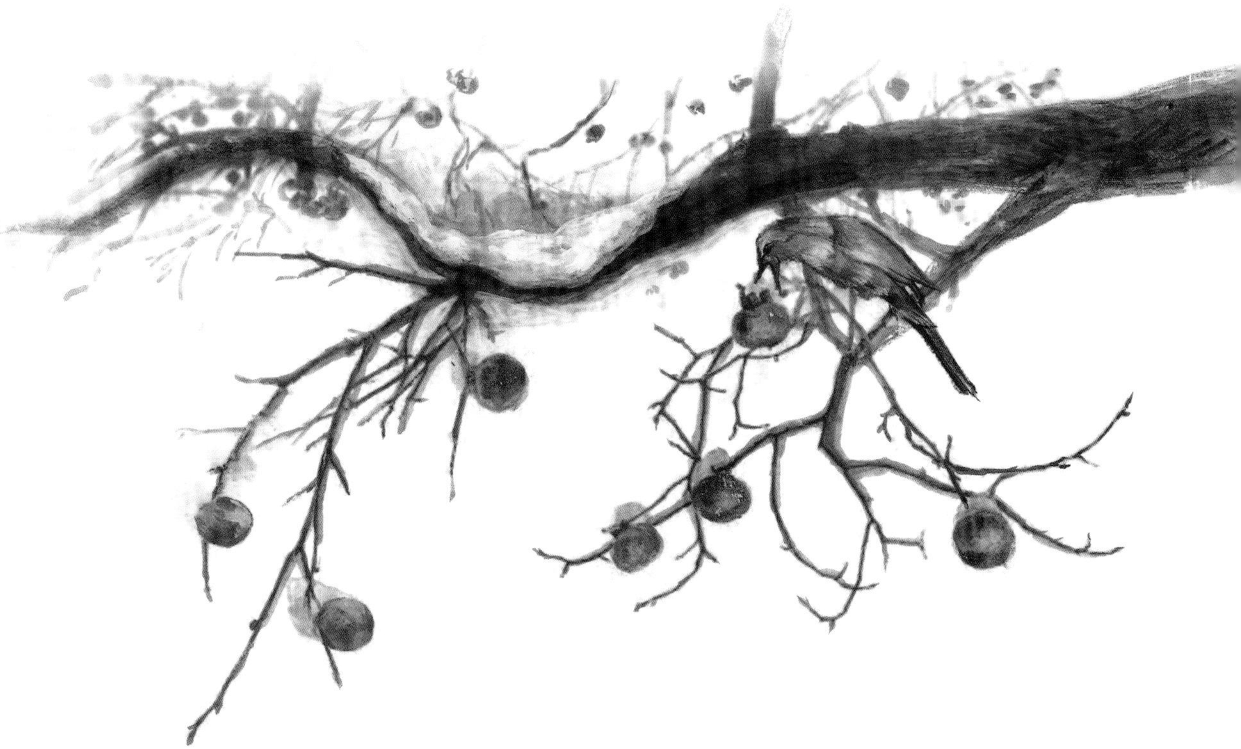

그것도 일 년 전과는 정반대의 방법으로

김동희 씨 앞에 나타난 것이다.

다시 말하면, 이번엔 그가 그녀의 차를 박은 것이다.

그것도 일 년 전의 바로 그 자리에서,

똑같이 눈이 내려 빙판길이 된

아침 그 시간에.

“한바탕 퍼부어 주려고 내리니까, 기가 막혀서,

작년에 내가 들이받은 그 차가 아니겠어요?

물론 운전석에 앉은 남자도 그 치한이구요.

범퍼도 크게 상하지 않았고 해서 그냥 보냈어요.

나는 그치처럼 치사하게 굴지 않았죠, 뭐.”

여기까지가 끝이라면
흔한 우연으로 돌리고 말 일이었다.

그러나 이 젊은 남녀의 자동차 박치기는
올 겨울 우리 동네 내리막길이 얼어붙는 날마다
되풀이되고 있었다.

그것도 매번 남자의 차가 미끄러져
여자 차를 받는 형식으로.

"보세요, 벌써 세 번째예요.
이젠 한 번만 더 받히면 범퍼가 박살이 날걸요.
봐주는 것도 한두 번이지 이젠 톡톡하게
손해배상을 받아낼 판이에요.

이건 완전히 날 골탕 먹이려고
계획적으로 하는 짓이 분명해요.
어디, 두고 보라지요."

두고 보자는 김동희 씨의 굳은 결심은
결코 헛말이 아니었다.

그녀가 그 남자를 어떻게 처치했는지를 알고 나서
나는 입을 다물지 못하였다.

“선생님, 저 그 박치기 씨하고
3월에 결혼하기로 했어요.”

“아니, 손해배상은, 아니, 범퍼는 갈아준대요?”

“범퍼 값이야 물론 받았지요.
그리고 평생을 두고 나에게
손해배상을 하게 하는 방법으로
결혼이 가장 좋을 것 같아서 그렇게 결정을 했어요.”

세상에, 그런 손해배상도 있었나.

나는 여전히 멍한 상태였다.

여기에 대해서는 나중에 박치기 씨 본인으로부터

직접 설명을 들은 바가 있다.

“작년에 동희 씨 차한테 처음 박치기 당한 뒤부터
마음을 빼앗겼어요.
그래서 치밀하게 일개년 계획을 짠 거예요.

당돌한 아가씨라 선불리 접근했다간
점수만 빼앗길 것 같고,
일 년을 기다렸다가 박치기 수법을 써먹은 거지요.

정말이지 올해처럼 눈 오는 날을
애타게 기다려본 때도 없어요.
눈이 와야 이 사람 차에 박치기를 하지요.”

그렇게 해서,

당차고 똑똑한 김동희 씨는

눈 녹고 얼음 풀리는 삼월에

꽃 같은 신부가 될 예정이다.

요즘은 박치기 씨가 운전하는 자동차에 실려
편안하게 출퇴근을 하고 있다는
소식까지 들려오고 있는데,

그녀의 '남성운전 불허설'은
아직도 온전한지 그거나 한 번 필히 물어볼 일이다.